KB153151

모른다

실천시선 196

모른다

2011년 11월 7일 1판 1쇄 찍음
2011년 11월 14일 1판 1쇄 펴냄

지은이   김진완
펴낸이   손택수
주간   이명원
편집   이상현, 이호석, 박준
디자인   풍영옥
관리 · 영업 김태일, 이용희

펴낸곳   (주)실천문학
등록   10-1221호(1995.10.26.)
주소   우121-839, 서울시 마포구 서교동 478-3 동궁빌딩 501호
전화   322-2161~5
팩스   322-2166
홈페이지   www.silcheon.com

ⓒ 김진완, 2011

ISBN 978-89-392-2196-3 03810

이 도서의 국립중앙도서관 출판시도서목록(CIP)은
e-CIP홈페이지(http://www.nl.go.kr/ecip)와
국가자료공동목록시스템(http://www.nl.go.kr/
kolisnet)에서 이용하실 수 있습니다.
(CIP제어번호:CIP2011004683)

실천시선

196

모른다

김진완

실천문학사

차례

제1부

제2부

제3부

제4부

제
1
부

환한 꿈자리

진주 남강 다리 위로 푸른 물 넘는데
배추 실은 짐자전거 강을 건넜네

—배추고 자전거고 다 떠내려 보내고 몸만 어여 와!

저의 아낙은 고무신 벗어 땅을 치거나 말거나
넘실넘실 물의 장단에 맞춰 다리를 건넌 사내
희고 환한 배추 속잎 빛 웃음 한 쌈 싸 던졌네

아버지

언젠가 이승 다리 다 건너시어
저승 햇살 아래서 부신 웃음 또 웃으면
이승 꿈자리 배추 속잎보다 환하겠네

11

뼈마디가 실한 이유

깜장 고양이 쥐 한 마리 잡아
마루 위에서 어른다

—문디그튼년아그래니밥값했다아침부터더럽구로저리
가처묵어라쉬이

외할매 쥐 꼬리 잡아 던진다
쏜살같이 날고
뛰는 두 평행선
수직으로 선 대나무 숲이
덥석,
받아 안는다

때 절은 버선발이 핏방울 문대고
손으로 죽죽 찢어
밥 위에 얹어주던
묵은지

군둥내

할매도 고양이도 털 빠진 쥐도
배 속에서 쑤석쑤석
댓잎 훑어 뿌리며
놀고 자빠지다가
잘도 삭아……

옹헤야!
뼈마디를 굵혔느니

절값

포개고 이마를 대면
절이 되고
뒷머리에 대면
잠이 되는 거여
사람 사는 앞뒷면도
그 모양새라
마음 낮추고 절만 잘해도
잠이 편커니

죽으면 그만?
천만에 말씀!
이승서 쓸모 잃은 헛것에
절 올리는 게 보통 일일까
제 목숨 털어 잡은 귀헌 날이여
몸 낮추면 숭헌 맘 눌러지는 거
그게 다 헛것에게 받는 절값이라

새겨,

유세차—

말랑한 가슴을 맞대고

비둘기에게 손을 뻗친 세 살배기가 삼 층에서 떨어졌다
가부좌로 앉아 키잉키잉 울고 있었다
병원으로 내달리면서 온몸을 더듬었더니
가슴이 딱딱했다 충격으로 간이 부은 거라 했다

이후로, 비둘기들은
아비의 뜨겁고 딱딱한 눈팔매에 매일 두들겨 맞았다
―그러지 마라 그러지 마
하느님 말씀은 비둘기들만 알아들을 뿐,
연립주택 깨진 기와 틈에 하얗게 굴려놓은 저의 알들이
밟혀 터지는 걸
우구구― 우구구구― 지켜보기만 했다

다섯 살 생일을 지난 오후,
아이가 한 다리가 없는 비둘기를 안고 들어왔다
―키우면 안 돼?
―그러지 마라 그러지 마

내 말은 비둘기도 아들도 못 알아들었다
말랑한 것들끼리 말랑한 가슴을 댄 채
키잉키잉— 우구구—
울기만 했다

바람의 몸내

불국사 옆 작은 숲 속
앞질러 달려간 딸아이가 양손을 펼쳤다
딱따구리가 쪼아낸 나무 부스러기들……
부슬부슬 날아 내렸다

나이테 한 겹을 한 겹으로 읽는다면
내 손등 위로도 얹히는 몇 겹 시간은
얼마나 가볍고 눈부신가

갸웃갸웃 내려다보는 새와
생글생글 올려다보는 아이
사이엔 현생의 엄마가 있다

―엄마, 정말 예쁘지? 그치 엄마 그치?
한 겹쯤 이전 생에서 솜털 날개를 편 채
그치그치그치 노랑부리 말을 익혔을 아이가
엄마 엄마 부르자 두 엄마가 연신 고갤 끄덕인다

바람이 두 어미 이마에 손을 얹자
송진내가 물씬 풍겼다
몇 겹쯤 가볍게 지나온 모양이었다

물명당 이야기

할머니 유골을 수습해 가족 묘원으로 옮기기로 했다. 산에 묻히신 지 30년 만이다. 삽질 몇 번에 산일꾼들 장화가 물에 잠겨 철벙거리더라 했다.

볼 거 없이 시신은 물에 불어 육젓이 되어 있을 거라고, 차마 못 볼 꼴 보고 흉몽이 지펴 뼈 곯음병에 녹아나느니 그대로 화장장에 옮겨야 탈이 없다고, 성깔 사나운 무덤장이 젖은 목장갑을 던지더라 했다. 깜깜 천지…… 숨을 놓쳤겠지. 삼형제는, 이마를 짚은 손이 웃, 차가워 뼈와 살이 뭉텅이진 어마씨 손이 이크, 아닐까?…… 싶어, 이빨 빠진 잇몸 같은 무덤 안에다 대고 소름 돋은 목청 한 바가지를 부었겠지.
"세상에 육젓? 육젓이라니! 아이고 어무이."

어쨌거나 열어봐야 하지 않겠냐며 무덤꾼 반장 작업복에 돈뭉치를 찔러 넣자,
"니미럴 30년 묵은 시신보다 무서운 게 돈이여." 궁시

렁 장도리를 들었다는데,

　할머니 백일기도 끝에 낳은 큰아들(34년생 개띠. 심약
한 나의 아버지)께서는 관 뚜껑에 연장이 닿는 순간, 차마
못 본다며 비탈을 내려가 무섬증에 오금을 꽈악, 깨물린
'허어이 참, 백지장 첨지'였을 터, 기가 센 둘째(작은아버
지. 16세에 단신 상경. 자수성가한 세탁 기술자. 전성기
때 박정희 전 대통령의 양복까지 다려본, 해서 박통 터지
게 돈을 긁어모았던 세탁업계의 전설적 인물)는 앙다문
인중에 선명한 세로 주름 하나는 더 늘었을 것인데.

　어릴 적, 쇳물내를 풍기며 늑골을 찌릿찌릿 훑었던 면
목동 뻠뿌는 할매 중풍 맞자 저도 벌건 녹 덩어리 되더니,
무덤까지 끄덕끄덕 따라가 할머니의 살과 뼈를 씻어냈는
지 몰라도, 나는 또 나대로 관 뚜껑 열리는 소리를 여름
땡볕에 달아오른 손잡이를 난닝구 벗어 감싸 매달리던
뻠뿌질 소리였으리라고 30년이나 묵은 환청을 들었던 것

이다.

　끼이익—

　허— 관 속이 어찌나 맑은 우물이던지
　한 움큼 퍼 마시면 죄도 씻고 혼도 씻기지 싶은 거기다
가
　산전수전에 짓무른 당신들의 넋을 헹구었겠는데

　"새끼들이 얼매나 반가운지 내사 밥 푸다 말고 나오는
기라!"
　할매 생전에 정히 다루시던 밥사발마냥 유골 한 점이
고요히 떠올랐고, 막내(작은아버지. 뼈와 살을 다루는 생
업에 종사하는 삼각지 덕흥정육점 주인)가 덜컥, 입이 벌
어져 한 말인즉,
　골반!

생전에 나무관세음보살 주문을 들숨 날숨에 섞어 외시드만, 오호라! 희디흰 골반 사리로 당신의 열반을 환하게 증거하시니! 뼈할매를 앞에 놓고 눈이 시었겠다. 제 어미의 골반을 뚝—뚝— 벌리며 빠져나왔던 늙다리 삼형제는 유골 떠낸 검은 우물에 짜거운 눈물을 떨구셨겠다

어머니 다혜자 씨는 뭘 좀 아는 소리를 하는 사람들(대개 고스톱판에서 안면을 튼 분네들로 알콜쟁이 원수녀러의 발길질을 피해 작두날 위로 피신 후, 왕방울로 남편니미의 대갈님을 까버린 노랑머리 여사거나, 만병통치 알부민 주사 놓기, 쌍꺼풀 수술, 눈썹 문신 새겨주기 등 여러 불법(不法)으로 밥을 벌던 야메꾼에서 여래불 불법(佛法)을 전파하는 직종으로 이직한 새로 내린 보살 순실네겠지만) 듣기 좋은 콧노래에 놀아나셨는데,

"아믄 성님네야 삼아들 다 무탈허게 장성혔지. 영감님 허리 꼿꼿한 것도 다 물명당 기운이 뻗친 덕이구만 왜 냅

23

다 파 재끼고 그래싸아 기냥 냅둬불지."

"아 화장이야 무해무득하다고들 안 혀?"

"아 아깡게 글지 물명당이란 디가 조상 덕 쌓은 집에만 앵긴다고 허드만."

니길헐거! 생사람 잡을 반풍수 여편네들 사설 몇 마디에 신물 넘어오는 과거지사가 휘딱, 뒤집혀 할매 골반 블랙홀로 휘리릭— 빠져나갔으니, 여장부 다혜자 씨는 시엄씨 골반테를 머리에 눌러쓴 '천치섭섭손오공이' 되고 말아

아흐 동동, 할매야 할매 내공이 대에단, 딴딴할샤

하니까, 녹 부스럼 허깨비에다 살은 채로 육젓인 내게도, 쩌릿쩌릿 전해오는 동기감응(同氣感應)이 있어 감읍하며 받아 적느니,

"오니라 온나 보자 구신 말도 거울알 거치 알아듣는 영특한 우리 쪽박귀야! 하모, 늬 발을 디딘 거어가 명당 중

에 최고 물명당이라 내는 빌러 가니라 내 무덤서 나는 물
한 그릇 떠서 가니라 바로 쳐다보기도 아까븐 내 새끼 찰
진 노래 길어 올리라꼬."

세상엔 몹쓸 구신도 많아

아부지? 새벽부텀 요시랄방정 돌방정 떤다꼬 벌써로 나가고 없다 니 말들어봐라 요즘 김내규 씨 사업한다꼬 새벽 다섯 시에 일어나 전철 광고판에 명함 꽂는다 명함을 한 달에 삼천 장씩 꽂아 그것도 자기 돈으로 찍고 택배값도 다 제 목아치라 그거를 니꾸사꾸에다 넣고 전철 직원들한테 걸리모 벌금 내야 된다꼬 새벽부터 불알에 요령 소리 나게 뛰댕긴다 한 달에 한 명 올똥말똥이라 우짜다가 등신 칭다리 그튼 기 걸리들어서 겨우 하고 포도시 해서 계약했다꼬 오만 원 수당 생긴다꼬 하 좋다 카다가 메칠 지나면 고갤 쩔래쩔래 흔들고 가뿐다케 말짱 도루묵이라 한 달 핸드폰값이 십만 원이 넘게 나온다 내는 핸드폰 끼고 살아도 사만 원이 안 넘어 이기 말이 되나? 앙! 쇠씹꼽 떼 처묵다 배애지가 터질 문디 새끼덜이 늙은이 뚱개 훈련시키고 핸드폰값 다달이 떠묵고 내 속도 다 디집는다 사업? 쇠 디비써 날아가는 게 백배는 수월타케도 웃기쌌네! 뽄대 없이 한마디 하곤 고만이라 열뿔딱지가 치올라 신발이고 옷이고 마당에다 쎄리 폴매를 쳐도 소용엄따 그 못된 썽달가지 니 모르나? 이날 펭생에 내 말 듣는 거 봤나? 니는 씨부리라 내는 내 맛대로 한다 그기라 내구내구 김내구가 추접시러븐 똥고집 딸랑 하나 차고 나와가주고 지금까지 낼로 잡아묵는다 벅수 중에서도 최고 벅수라

  느그 아부지 저라다다 덜컥 쓰러지기라도 하모 내 분해서 우쩨 살꼬 싶다 영감이 늘그막에 귀신 중에도 제일 드러븐 다단계 구신이 쓰이가주고……

님 계신 전선*

껌 하나를 훔쳤다고 초경 무렵 계집애 뺨을
모질게 후려쳤던 구멍가게 털보
털보가 키워 팔던 콩나물시루 위에 죽은 쥐
임자가 누군지 난 알고 있었네
털보 마누라 춤 선생 따라 밤 봇짐을 싸서
털보, 소주 먹고 쥐약 먹어 제 목숨 털고 갔지만
가시내 저주가 조금은 무서웠지만
곁을 스치면 아찔한 과일 껌 향기가 난 좋았네
그 아이 숨 담긴 풍선 훔쳐 아껴 마시면
아, 아릿아릿 나는 좋았네

지금은 어느 전선 어느 곳에서
달이 차면 붉은 뺨 어루만질지
지금은 어느 전선 어느 곳에서
어떤 모진 인연들과 싸우실지
생리통과 치욕통을 함께 앓으며
콩나물국 후후 불어 마실지 몰라

몰라도, 생각나면 마음은 부풀어
나 같은 천치쯤 안중에 없으셔도
아으 님이여! 후렴구에 불어넣는
간드러진 내 맘만이라도 알으소서

지금은 어느 전선 어느 곳에서
지금은 어느 전선 어느 곳에서
용—감—하—게 싸—우—시—나—
님이여 건강하소서
짠짠짠!

---

* 금사향이 부른 노래 제목에서 따옴.

우길 걸 우겨야지

잃어버린 자전거가 버스정류장 표지판에 묶여 있었다
자물쇠는 새것이라 우리 고물 자전거와는 영 짝이 맞지
않았다

　─이 아줌마야 어지간하면 새 걸로 하나 사자
　일신복덕방과 삼천리자전거포, 성광세탁소가 내 하고
싶은 애기를 대신 해줬지만 아내는 꿋꿋하다 수리하는
데 팔천 원이나 들었다고 한동네 살면서 이럴 수 없는 거
라고 애들 교육까지 들먹인다 기어이 새 자물쇠를 사서
채운다 고물 자전거에 자물쇠가 두 개나 걸렸다

　새 자물쇠 두 개를 바퀴에 매달고 자전거는 며칠째 비
를 맞고 서 있다 버스를 기다리는 사람들이 힐끗힐끗 자
전거에 눈길을 던지기도 한다 나는 또 나대로 그들 눈치
를 살피며 얼굴이 화끈거린다

　─저 자전거 주인이셔?

대뜸 누가 물으면, 난 절대 아니라고 세 번도 넘게 부정할 참이다 난 저걸 모른다 또 사실 저건 자전거가 아니다 저건 코뚜레를 두 개나 꿰인 털 빠진 염소라고 진실을 밝힐 셈이다 무슨 헛소릴 하느냐고? 그럼 내가 저 풀 죽은 염소 코에 쇠작살이나 박는 그런 모진 인간으로 뵈냐 사람을 어찌 보고 이러느냐 멀쩡한 사람을 해괴망측한 놈으로 닦아세워 당신이 득 볼 게 뭐냐!

펄쩍, 뛸 것이다

—아 어딜 봐서 내가 저 불쌍한 염소를 녹슨 젖이나 짜내는 자전거라 박박 우겨대는 시인 나부랭이로 뵈냐고오!

내코가석자표 자물쇠 두 개를 휘두를 작정인 것이다

통닭

통닭이 싸다
세 마리에 만 원이다
치킨집에선 마리당 만 원이 넘을 것들이다

길바닥에 내쫓긴 죄로 헐값이겠지
머리가 없으니 치욕이 없겠지

　그냥 전화했다 거긴 비 오냐? 오늘 이삿짐센터 아르바
이트 했다 사다리차로 짐 올리다 텔레비전이 떨어져 와
작, 한 거야 일당? 조지나 비 쫄딱 맞아가며 칠만 원 벌자
고 뺑이 쳤는데 더 물어주게 생겼다 다들 죽기 아니면 까
무러치기로 버티는 모양이다 이철인 아직도 백수고 사기
당한 승욱이는 배를 타겠다 그리고 홍주야 우리도 시골
가서 살면 안 될까? 어차피 맨땅에 헤딩하는 거 흙바닥은
좀 덜 아프지 않겠냐? 요즘엔 너 사는 강가에서 끓여먹었
던 닭죽이 왜 이렇게 먹고 싶냐

닭이싸다소름돋은누드가세마리에만원이다뜨거운쇠막대기

를맨살로품고삥삥이를돌아기름이잘도빠진다저기비에젖은사

내는더짜낼기름이없다는이유로칠개월전공장에서짤렸다저사

내의피로와허기도이동네에서는헐값이다그런데갑자기사내가

웃는다눈과입주위에주름이선명해진다통닭은그저빙글빙글돌

뿐이지만사내는웃으면서맴돌줄안다다행이다 다, 행, 이, 다,

우와 아들!

아빠가 방금 텔레파시 보냈는데 딱 전화했네! 역시 꿈
뿌르 행성 외계 소년은 대단해! 통닭 먹고 싶어? 누나하

고 엄마도 먹고 싶대?

우리 통닭 먹고 에너지 충전해서 다른 별로 날아갈까?

윙크

학교 다닐 때 일류대 재학 중인 사촌들 만나서 사회 모순이 어쩌고 하면서 떠들어댄 적이 있었어 나중에 그걸 안 숙부가 밥상을 엎었더래 인간 축에도 못 드는 그깟 놈 만나 쓸데없이 시간낭비 한다고 그 얘길 또 아버지 듣는 데서 한 거라 우리 아버지 심정이 어땠겠나? 참 너무한다 싶어 속으로 꽁했지만 삼류대학 얼치기 운동권은 기어이 농민운동 한다고 보따릴 쌌네 저게 어디 사람 새끼냐며 혀를 차는 숙부 목소리가 귀에 생강거리는 건 그렇나 치고 그 양반 또 무슨 모진 소리로 아버지 서운케 할까 싶어 그게 제일 걸리더라

지난 기일에 숙부가 취해서 하는 넋두리 듣고 있자니까 웃음이 픽픽 나와서 미안해 죽겠는 거라 바늘로 찌르면 식칼 들고 날뛰는 양반이 이제 갈 때가 됐나 싶어 사는 게 참 싱겁단 생각도 들고 말이지 들어봐

야야 요즘엔 마누라가 내보다 먼저 죽을까 싶어 그기

제일 큰 걱정이다 할망구 내보다 먼저 죽으모 내는 추줍게 늙다가 굶어 죽겠지 싶고 말다 뭐? 호강? 허 참, 호강 좋아하시고 있네 문디 빌어묵을 새끼들 돈이 된다모 즈그 엄마 요강까지 팔아 처묵을 놈들이야 내가 눈치가 빤한 놈이야 즈그들 머리 꼭대기에 앉아 있다꼬 박사? 공무원? 항! 조슬 까고 있네 즈 아버지 귀 빠진 날에도 전화 한 통 넣고 고만인 놈들이 나 죽고 나면 제삿밥 차려주겠나 그 말이야!

……형님, 내 죽거든 형님 따라다님서 형님이 남긴 제삿밥 쪼매만 얻어묵어도 되겠소? 내가 새끼들이라꼬 길러놓고 보니까 일마들 이거 사람 아닙디더 하— 인생 참 서글프요 형님 생전에 내가 못 할 짓, 못 할 소리 마이 했심니더 용서하이소 야야 홍주야 내 니한테도 미안한 기 참 많다 고만할까? 그래 고만하자 미안타 내 참 미안타

음복하면서 나 아버지 사진에 윙크 찐하게 날렸다 임종 때 끌어안고 아부지 이제 먼 길 떠나시우? 이승서 섭섭했

던 거 다 잊으시고 우리 저승에서 꼭 만납시다 예? 하니
까 우리 아부지 말은 못 하시고 한 눈만 끔쩍끔쩍하시더
라 차암, 그 윙크 생각하면 지금도 가슴이 쏨벅쏨벅 아린
데 말이지 제삿날마다 윙크 한 번썩 하면서 내 좁은 맘 안
에서 징역 살고 있는 인사들도 풀어줄 작정이다 그러다
보면 나 사람 비슷한 거라도 될 날 오겠지 싶어 자슥아,
너도 마음 풀고 섭섭한 세상에 윙크 한번 해줘봐라

　—하따 윙크 찰지게 잘허네! 근디 쪼까 징그럽다잉

족장 오줌발
—승도 형에게

좆심 옳어지면 산그늘 덮고 살 건디?

속세에서 한몫 잡아 산으로 튈 거라
배 타고 울렁울렁 죄 토하더니
막장 파고들어 석탄가루 무장무장 마셨다

세상이 하도 볶아쳐
그물이고 삽이고 작파!
산에 틀어박혔다
쌔쌔쌔쌔
쌔쓰 쌔쓰 쌔쓰 쌔쓰
삐에 삐에 삐에 삐에*
아침마다 새들이 들볶는다 했다
—집떠난놈아집없는놈아깜깜동굴웅크려잔놈아밥먹어
라밥먹어아침밥부터먹어라쭛쭛쭛쯔르르르쭛쯔쯔즈우린
벌써먹었다깨끄치깨끄시싹다먹었 다쭈빗쭈쯔쭛쭛쯔르르

르쫏쯔쯔쯔

아침 댓바람부터
혀들을 차고 지랄들이라
돌 던지고 보따릴 싸다가

히힛, 새소리도 엄벙땡으로 알아듣는……
아따 나 이거 반귀신 아녀?

어금니 힘 풀고
휘파람 불었다
말마따나 밥이나 먹고 보자고
마른 입술 침 발랐다

해설라믄,
요즘 우리 자급자족 족장 오줌발은?

쎄쎄쎄쎄쎄쎄쓰쎄쓰쎄쓰쎄쓰쎄쓰쎄쓰—

---

* 유승도의 시 「일출」에서 새소리 인용.

제
2
부

실업자 고만석

비정규직으로 뼁이 치다
—우리가 늬덜 봉이네? 홍어 좆이네?
호기 부렸다가 덜컥, 짤린 호구

—업을 잃었으니 해탈이 당연지사
옥탑방에서 골똘히 아래를 내려다보는 허무주의자
가뿐하게 저승 땅에 착지할 자신은 없는 소인배
비키니 옷장까지 들춰서 동전 주워 모으는 알뜰파

라면 한 개로 소주 두 병을 까야 하는
서운 막심한 세상
칼바람에 들뜬 새시문과 함께
으드드드 치를 떠는 더운 피 생물

—어매야 아배야 배고파 죽겄다아 만석꾼 되라던 당신
네 아들 만석이가 석 달 넘게 배를 곯는다아

벼룩시장에서

장미는 붉고
주차장 화단 꽃밭에 그늘은 짙어
마음 잠깐 놓았다가
망한,
금호카센터 세차꾼을 본다
힐끔, 본다

신바람과 유행가가 고무장화 속에서
쩔벅쩔벅 넘치던 사내였다
였는데,
—밥은 먹게 해줘얄 거 아냐 썅!
사금파리로 팔뚝을 그어
붉은 꽃 피운다

풍경과 향기에 끌려 마음 놓은 죄
정면으로 봐야 할 걸 곁눈질만 한 죄
팔뚝에서 뚝뚝 지는 꽃을

봐놓고 후회한 죄

피꽃내 진동하는
한낮의 꽃그늘
한 사내는 피꽃을 피우고
소름 가시 뒤집어쓴 죄인은
조마조마 또 곁눈질이다

모른다

종로 3가 금은방 뒷골목
남이 먹다 남긴 점심상
먼지 바람 등지고 앉아
마른밥 먹는 남자 본다

양철 쟁반 철수세미 자국
눈이 시어
반눈 뜬 채
우물우물 밥 먹는
저 사내를
나는 안다

구겨 신은 신발에
넘치게 담긴 맨발
까만 때 반질대는
복숭아뼈도
나는 안다

쭈굴쭈글한 감자알이
젓가락에서 미끄러지자
저 사내 제 복숭아뼈를 뽑아
우물우물 삼키는 저 이를
나는 아는 것이다

아! 라는 감탄과 긍정이 빠져
절뚝대는 생의 이름
복숭뼈!
모른다 모른다 아, 나는 모른다

이크, 아크 피해 가는 꽃밭

잠실 지하철역 나무 벤치에 피었네
꽃,
소주병 굴려 화단 꾸몄네
꽃, 꽃,
대궁만 살았는지
술 머금은 목울대만 위아래로
꼴깍꼴깍 움직이는 꽃
꽃, 꽃, 꽃, 꽃
피하려네 저 저…… 꽃…… 꽃

학명; 한숨꽃초점없는먹빛눈알꽃꿍초주워피워문꽃신
발베고누움꽃내자리여비키라짜슥아꽃얼어돼질녀러거시
지랄여꽃배째라꽃조까라마이싱꽃황당꽃게거품꽃써버럴
잡녀러쉐키우아래도없냐앙꽃닝기리조또니배때지철판깔
었쓰으꽃카악가래침으로대갈통뿌샤불팅게꽃어따눈알을
치떠먹물쪽빨아뱉아부러꽃아아멋빤다꼬보고섰냐시방꽃
말리지마러꽃내싸둬부러좃꼴려디져불게들꽃……꽃……

48

꽃……껀수잡은꽃피흘리는꽃피딱지또터짐꽃

  화아아따아아지메아지메요나본적엄는교꽃염병헌다꽃
요렇게허는거여꽃아따따뉘님보지금테둘렀응께내뜩끈한
조즈로할라당녹여불라네꽃

  분류; 체념과
  분포지역; 대— 한— 밍— 국 짝짝짝 짝짝
  자생지; 전철역 콘크리트 바닥 및 공원 벤치
  크기; 높이 150~200cm
  특이사항 1; 수량 단위는 명이나 놈이나 분, 송이가 아
닌 '포기'로 할 것
  특이사항 2; 역겨움을 동반하는 악취 괴성과 함께 소주
병 날릴 시 찰과상 주의
  효능 효과; 힐끗 보기만 해도 아직 바닥은 아니라는
'평안'을 얻을 수 있음

공중화장실 장기 매매 전화번호를 손바닥에 옮겨 적다
침 뱉어 바짓가랑이에 세차게 문지르며 에이씨펄엄마나
정말미쳤나봐하는꽃

이크,

아크,

피하려네

피어 피어 널브 널브러진 저 꽃, 꽃들!

송이라 불리던 고래

송과 R은 학원 강사였다. R이 시를 쓴다고 하니까 송은 '별 희한한 놈 다 보겠네' 하는 눈으로 R을 힐끔거렸다. 둘은 학생들 진로 때문이 아니라 소주 진로 때문에 친해졌다. 송은 덩치가 크고 숨소리가 요란해서 별명이 고래였다. 삶에서 감상이란 기름기를 쫙 뺀 고래, 그게 송이었다.

—하루낀가 하는 놈 책을 읽는데 자꾸 우울 몽롱해지는 거유. 그래 그놈 허리를 꺾어 한강에 던져버렸죠. 인생에서 가장 큰 죄가 뭔지 아슈? 감상에 빠지는 거요

—나도 깝죽대는 시인 몇을 찢어발겨 개천에 던진 적 있수

—R 형, 도대체 시가 뭔 필요가 있는 거요?

(베어야 하나?*)

송은 안경을 15년째, 랜드로바는 밑창만 갈아대며 12년째 신고 있다고 고백했다. 사람보다 물건에 정을 주게 된다고, 볼펜 한 자루에도 이름을 써 붙이던 송은 생이 자기에게 참 다정다감하게 대한다고 믿는, 미친 치! 였다.

—미친 척하고 대출받아 산 땅인데 오늘 50배가 뛰었단 얘기 듣고 어쩌나 손이 떨리고 목이 타던지 (이럴 수가! 이 자를 내 어쩌 베겠는가!)

—정말 100배까지 뛴다? 이런! 우리 송 회장님 술잔이 비었구먼그려.

—사돈! 말캉말캉한 20대 아가씨는 땅 팔릴 때까지만 참아주시우

송과 R은 〈고래사냥〉을 불러재끼며 평생 같이 가자! 했었다. 했는데, 얼마 후에 송은 뇌혈관이 터졌다. 송이 쓰러진 지 사흘 째 되던 날 R의 꿈에 송이 나타났다. 제 머리통을 옆구리에 끼고는 씨팔 좆됐어 좆됐어 중얼거리며 아는 체도 않고 지나쳤다.

—평생 같이 가자고? 니미럴 더불어 좆! 될 뻔했군.

R은 송이 매일 100개씩 들었던 10킬로그램짜리 덤벨을 들어보다가 아득해진다.

—근육을 키우는 만큼 감상이 줄어들어. 이게 진리야.
발음해봐 실리! 질의 이치라니까? 시인? 좆도 씨발 고상
한 영혼인 척하지 마라 말이야! 어차피 나나 당신이나 세
상이란 거대한 씹구녕 속에서 질펀대는 건 마찬가지 아
니냐고오
　　(한 수 가르쳐주고 넌 베어졌다!)

　　—R 선생. 요즘 수업시간에 쓸 데 없는 얘기 많이 한다
면서? 컴플레인이 많이 들어와서 부원장인 내 입장이 곤
란해. 동료가 죽어서 슬픈 건 아는데 말이야
　　(슬픔? 슬픔이라니! 이 자를 베어야 하나?)

---

* 김훈의 소설 『칼의 노래』 중에서 이순신의 속말.

나는 환청 통조림이 가득 든 냉장고다*

진눈깨비 날리는 아침이었어요. 골목길에서 쓰레기 봉지를 큼큼대던 커다란 개와 눈이 마주쳤지요. 담배를 꺼내 물자 그녀는 슬금슬금 골목을 빠져나가 큰길가로 갔어요. 열두 개의 부푼 젖이 오래 출렁거렸어요.

혈압으로 쓰러진 S가 위독하다는 애길 들은 탓인지 간밤 꿈에 S는 자기 머리통을 옆구리에 낀 채 "씨팔 좆됐어 좆됐어" 중얼대며 못 본 척 지나쳤어요. 그의 죽음을 예감해버린 꿈 밖, 불안하고, 담배에선 피비린내가? 콰빡 캐—앵!

죽음이 느닷없이 펼쳐졌어요. 눈앞에 그녀의 눈알 두 개가 튀어나와 한 개는 아스팔트 위를 구르고 또 한 개는 콧등에 걸려 흔들흔들, 6-2번 마을버스 기사가 "니미 정초부터 재수 더럽네." 침을 뱉었어요. 이런 사나운 꿈땜이 도무지 현실처럼 느껴지지 않았어요. 열두 개의 젖무덤 위로 진눈깨비가 내리기 시작했고요.

어느 운명의 끝을 목격하는 기회가 자주 오는 건 아니죠. 식어가는 자궁 안에서 산 것이 꿈틀대는 것도 보기 어려운 광경이죠. 운이 좋다고요? 침을 뱉고 싶네요. 아스팔트가 피와 젖으로 흥건해졌어요. 본디 것으로 돌아가는 색은 검은색이라던데 아스팔트는 제대로 된 캄캄 검은색이란 생각, 들었어요. 귀에선 자꾸 어미 배 속에 든 것들 옹알이가 들렸고요. 뭣에 썰 게 틀림없지요. S이거나 죽은 어미 개의 혼이거나 간에 암튼,

환…… (배꼽이 시려. 이상해. 뭔가 이상해.)

…… 청이…… (한잠 자고 일어나면 괜찮아질까?)

들렸어요. 물론, 개소리죠.

꼽추 아들한테 매일 개 맞듯 두들겨 맞는 장 씨 할매, 종이박스를 주우러 큰길에 나섰다가 죽어 자빠진 개를 보곤 마음이 바빠졌어요. '약을 내려야지. 아들 줘야지. 누가 채 가기 전에 끌구 가얄 텐데. 유모차에 실어보까?

55

정월 초부터 한 횡재했으이 조상님네 음덕이 이제사 뻗치능가? 근디, 시방 야가 아적 덜 죽은 거 아녀?' 구청 도로정비 트럭이 트럽 트럽, 입맛을 다시며 횡단보도 앞에서 유턴을 하자 디굴데굴 개 눈치를 살피던 장 씨 할매 눈길이 사나워졌어요. 장 할매 그날 새벽 첫 대사, "이 거 내 깨(꺼+개)여—"해놓곤, 백태 낀 눈을 부릅!

　지루했다고요? 솔직하군요. 그럼 제 애인이 든 통조림을 하나 따 드리죠. 20년쯤 전이에요. 그날도 진눈깨비가 날렸죠. 전 그때 신설동 안쪽에 틀어박힌 로얄모텔 301호 안, 거기서도 더 안쪽, 애인의 자궁 안에 있었는데 이상스레 뭔가 불안했어요. 근데 갑자기 애인이란 게 말간 눈을 동그랗게 뜨곤, "이런 게 정말 좋기는 한 거야?" 했어요. 난 얼른 그 대사를 깡통에 담아 냉장고 안에 넣었죠. 계속하라고요? 하나 더 따죠 뭐. 근데 유통기한이 지나 변질됐을 수도 있어요.
　과박태앵—

"흥! 남은 아파 죽겠다는데 저만 좋으면 단가?"

.

양변기 명상

밑 빠진 사기 항아릴 타고 앉아
손금 들여다보며
—흠, 로또 일등만 되면 거절할 수 없는 제안을 해주지
하는, 그런 밑도 끝도 없는 것

양치질하다 헛구역질 올리고
눈물 그렁그렁한 눈으로
—꼭 그렇게 슬픈 티를 내야 쓰겠니?
하는, 숭허고 싱거운 것

불 끈 화장실에서
—완벽한 어둠입니다 완벽한 혼자입니다 근데 나는 내
가 존나게 무섭습니다
하며, 반가사유상 똥폼을 잡고 있는 내가
실은 나란 자의 주인공

한때 나의 시간이었고 몸이었던

똥덩이에게 매일 손을 흔들어 배웅하자
콰르르르 과꽈—
양변기 독경소리에 더 귀를 기울이자
어떤 이별도 상쾌하고 가뜬해지리라

개똥밭 인연설

해남 간다
손잡으면 전생 어미가 뭉클 잡히는 김태정 시인 보러
간다
마음 곯은 자가 몸 곯은 이에게 가는 길은 멀다
가기 싫은 길 억지로 가는 길이다
울지 말자 이 악물고 가는 길이다

—누님 여기 정 떼지 말고 조금 더 살아주시우
—죽으면 또 멱살 잡혀 이 세상 다시 올 테지…… 다음
생엔 건강한 몸으로 나고 싶어…… 후생에 우리 꼭 다시
만나자 그때…… 맛있는 거 많이 해줄게 지금은…… 내
가 숨이…… 숨이 너무 차서……

턱밑까지 차오른 이승 바다
그 너머엔 숨이 편한 나라가 있을 것이다
거기서 누님은 한숨 돌리고
가기 싫은 길 억지로 떠날 것이다

널린 게 슬픔뿐인 이 개똥밭에

눈물 안 보태겠다고 어금니 악물고 올 것이다

딱풀에 경배를

딴엔 공을 들인다고 밤도 새고 술병도 쓰러뜨렸다. 싸그리 불 질렀다가 다시 대들어 십 년 넘어 펴낸 첫 시집이었다. 이름 써서 줬더니, 하 요거 딱! 인데요? 받은 즉시 노트북 마우스패드로 쓰는 그 따위도 있더라. 있어봐서, 웃어주느라 애를 썼다. 지글대는 마음 지린 웃음으로 끄는 일에도 제법 관록이 붙어 까짓, 그나마 소용에 닿는다면 다행이지. 궁시렁 탈바가지를 뒤집어썼던 거지만,

그 개녀러가 마우스를 움직일 때마다 스멀스멀 등이 가려워지는 게 문제였다. 약이 될 걸 찾다가 딱풀 집어 들었다. 시집 갈피에 지극정성 바르고 겹겹이 붙여 제자리에 놓자마자,

마음에게서 전갈이 왔다.
—그러게 네가 요즘 촌스러워 해쌌는 마르크스가 진작 썰을 풀지 않디? 모든 성스러운 것들은 모독당한다 그 말

이여 작금엔!

난 잽싸게 답신을 보냈다. (자본주의 생존법 이꼴 탄력
적 대응!)

—모독할 수 없는 성물이 여기 있다. 밥풀과 물풀을 부
정하고 변증법적으로 변화 발전한 딱풀에 경배하라! 딱
풀은 나의 창이요 찐득한 성수로 세례받은 시집은 나의
방패거니! 전진—

하려는데, 자본의 막장서 개미핥기 괴물이 기어 나와
나스닥딱! 코스닥딱! 육중한 걸음 옮기며 버글버글버블
으르르 독거품을 뿜어대네. 오로지 그녀러 돈 때문에 혼
을 날리고 백을 흩으신 님아! 글로벌 시장경제가 스위치
를 내리면, 우리의 미친 주인공은 하…… 그림자가 없다*
할 것이다 그림자가 없어놔서 우리 혼은 저평가된 줄을
깨달을 것이다 한탕과 먹튀가 판치는 이 아사리판에서

바닥을 제발 좀 그만 치려면 딱풀로나마 제 그림자와 영
혼을 붙여놔야 쓸 일인 것이다.

---

* 김수영의 시 제목「하······ 그림자가 없다」에서 따옴.

고수를 만나다

강원도 홍천 외서면 태양다방 앞
백구 꽁무니 따라가며 씨월대는
도꾸란 놈 수작을 엿듣는다

―감출수록 탈이 나는 거여
몸부터 맞추는 게 제대로 된 순서여
봐봐 두툼허니 묵직허니 뻑지근한 이내 맘!

고수다!
자본의 밑구멍이나 핥는
모오든 꿍꿍이꾼들보다
저 벌건 개수작이
훨씬 윗길이다!

촛불 광장을 지나

치는데……
아들과 한 대화가 생각났다

—할아버질 왜 존경해?
—6·25전쟁에서 살았잖아

소설을 읽다가 또 생각났다
과연, 악마의 역사를 피와 뼈로 돌파한*
돌파했던 사람은 존경받아 마땅하다
만,
늘 비켜선 채 조롱과 냉소만 보내고 있는,
이 잘나빠진 탐욕의 시대에 피와 뼈, 영혼까지 바치고
있는 나.
오늘 내가 지나치는 거리와 광장마다 쌓인 모멸과 조롱
거리들은
멀지 않은 미래에 고스란히 내가 감당해야 할 것들임에
분명하다

나 무슨 수로 돌파할 것이냐!

---

* 이응준의 소설 『국가의 사생활』 중에서 따옴.

잘빠진 그대와 내가

난 이렇게 들었다

—부처여 대체 당신이 할 줄 아는 게 뭔가?

부처 고민하다가 (이녀러 자석 야코를 콱 죽여야 하는
데…… 하 참, 이게 대답이 될까?)

—난 굶을 줄을 안다

이 대목에서 거의 울 뻔했었다

했더랬는데,

언날 문득 돌아보니, 부처나 예수보다 한 수 높은 영혼
들이 쌔고 쌨더라 양배추 끓인 죽만 마시고 14시간 동안
춤 연습을 하는 아이돌 가수들. 그 야리야리한 도반들 고
행의 총량을 생각하면, 아! 눈물이 앞을 가린다. 그들의
용맹정진 소문이 호랑이 헤드뱅잉 하던 시절까지 거슬러
간다면, 달마는 제 귀까지 뜯어 동굴 밖으로 던질 것이고,
원효는 물 마시던 해골바가지로 제 박통부터 깨뜨릴 것
이다.

히말라야 설산쯤은 맨발로도 넘겠다는 칼날 같은 정신의 소유자들!

그들을 텔레비전으로 영접할 때 솟는 환희심!

육욕에 사로잡힌 자에겐 몸도,

목숨까지도,

아낌없이 던져주는 보살행을 보라!

지금 예수 부처가 살아온다고,

너무너무멋져눈이눈이부셔숨을못쉬겠어짜릿짜릿몸을 떨며—*

찬양을? 우리가? 왜 해!

뭐? 젊을 적에 바짝 벌겠다고 굶는 거 아니냐고? 뭐 이런 씹—

할! 세끼를 꼬박 챙겨 먹겠다고 아등바등 대는 범부야! 작금은 다이어트! 하고, 세례명을 부르면 열에 아홉은 돌아보는 신심의 시대요, 욕망으로부터 자유자재한 사문들

69

이 저들의 속옷까지 속속들이 들춰 보여주는 황홀 도원
인 것이다. 열락이 우리를 진저리 치게 하거니, (진저리도
자꾸 치다 보면 배에 王자가 새겨지는 법이니 성인들의
은혜가 하해와 같사오니다.) 각설! 굶으며 빌어라! 오르
가즘보다 천만리 윗길인 캐피탈리즘 몸주시여!

　내 거추장스러운 영혼을 더 실컷 갖고 노십소사―

　오호! 제법 잘빠졌는걸!

---

* 소녀시대 〈Gee〉 노래 가사에서 따옴.

제3부

방아풀이 주는 위로

방아씨 한 줌 휘파람 불어 날렸던 날
나 잊은 지 까마득 오래

휘파람 시절은 가고 한숨 세월은 오고 또 오더라
울컥병을 술로 누르는 사내의 아픈 가슴 짚더라
한 줌 뜯어 된장 풀어 마시라고 손등 간질이더라

어찌어찌 불어 날려진 이승 변두리서
비 오면 휘파람 소리 더 멀리 간다고

방아풀
저도 젖고
나도 젖어
둘이 부는 휘파람

내 놀던 동산

따라 오르다 혼자 처져 만난 뱀
뱀도 나도 생전 처음
두 가닥 차운 혀
날름날름 놀려 먹혔다
—독 없는 뱀이야 이쁘지?

산딸기 물든 손가락 마디마다 사마귀
코앞에 우뚝 세운 초록 톱니 앞발
—귀엽지? 얘가 먹으면 새살이 난대

이후로 이쁘다 예쁘단 말 낼름낼름 잘했다
귀엽네 귀여워라 소리에 양손 치켜들었다
그러면 그러면
마음에 연분홍 산딸기빛 새살 돋았다
애기 동산 짝꿍들이 그때 다 갈쳐줬다

지금은

에이, 다 죽었다
에이 참, 외팔 쇳덩이 괴물이 다 잡아먹었다

그 집엔 아직도

오래전
죽은 외삼촌이 편지에 넣어 보낸
외갓집 사진을 보네
마당비는 수컷이라
산안개 흰 치마 첫새벽에 걷어 올렸고
안방에선 어린 외삼촌 다섯이
밤톨 머릴 쩛어가며
양재기밥을 먹고 있을 것이다

빠꼼히 열린 부엌문
아궁이 속 조용히 타고 있을
계집아이 산수 교과서
두근두근
귀 대볼까?
젖몽우리가 아픈
몽당치마 엄매
학교 가지 말랬다고

숭늉에 떨어지는 눈물,
몽톡한 그 소리
들어볼까?

덧셈 뺄셈은 재미나고 우숴 그니까
나눗셈 분수로
슬퍼나 볼까?
왼종일

방자, 괜히 왔다가

남편은 평생 뜬구름 따라 흐르더니
속병만 눌러 앉혔더라
미라처럼 앉아 할렐루야 찾더라
볼우물에 눈물만 차고 넘치더라
선득선득 사나운 꿈자리 짚어 들렀다가
살아 다시 못 잡을 손
손만 잡다 왔더라
이승 장맛 달더란 뜬소문 듣고 와
배만 곯다가
입천장은 헤지고 콩팥엔 돌덩이
무슨 심부름으로 왔는지 깜깜 까먹은
백치 천치처럼
괜히 왔다 간—

―펌프물이 여름엔 차고 겨울엔 따숩다
발부터 씻겨주던……

김방자

우리 큰고모

고모도 나도

고모야 고모야
고모야네 고추장에 밥 좀 비벼주지
얼레? 세상에 희한한 일도 많아
고모 고모 부르는 고 똥구멍 같은 입술 사이로
머슴밥 두 그릇이 홀랑 넘어가네?

그건 그때 적 얘기
입술 깨물며
고모요— 하고,
부를 날이 올 줄 몰랐던
허기진 시절 얘기

고모요 고모
나 몰랐네
물 말은 밥을 잘도 마시던 흙강아지가
목숨 그릇 반 넘어 덜어 먹고
터럭 빠진 눈 붉은 짐승으로 꿇어앉아

손등 눈물로 씻을 날 올 줄

야야— 나라고 알았겠나?
내 말 네 못 듣고
네 등을 헛짚는 허풍선이,
허공살이 될 줄.
찰진 이승 밥
내가 먹고
향 연기 쐰 저승 밥
당신이 마시니
고모도 나도
몰랐었네

우리 다시
겸상 못 할 줄.

우렁이

―많이 편찮으시우?
어깨에 손을 대자
마른 갈비뼈 돌아눕네
올 터진 런닝구 뒤집어 입은 우렁이
손길 피하네

외면당해 싸다!
아비의 반생을 우물우물 삼킨 흉물아

귀 후비다 문득,
속 빈 우렁이 껍데기에
후웅―웅웅―
바람이나 욱여넣어볼까
골병든 메아리
우렁우렁
심심한 귀에 들려나 줄까

흉물은
침도 침도 참 더러운 침을
질질 흘리는 판인데

우렁이 마른똥 같은 눈곱 떼며 아버지,
—어이? 니 언제 왔더노 집에 벨일 없제? 내 안 아프다
내사 괜찮다 하 어제 꿈에 호랑이를 탔더만 내, 니 볼라
그랬능가……

업을까나
우렁이
울려라
우렁이

육교가 있던 자리를 지나다

배가 약간 부푼 우유를 들었다가
유통 일자를 보고 내려놓는다
생생하지 않은 게
생생하지 않은 걸
들었다 놓은 거다

난 지금 생이 조금은 더 아리고 쓰렸으면 하는 거지만,
유통기한에 다가갈수록 이 생은 더 뭉글거려서
쉰내 풍기는 살덩어리를 뒤집어쓰고 어기적어기적—
거리다 보았네
마늘 까던 손톱,
빗물에 젖은 찐 고구마,
목장갑에 닦인 감과 귤을
가랑이 사이에 품고 있던 육교가
사라진 걸
보았네

언젠가 어느 손이 날 들었다가 유통기한을 확인하고
—걱정 마라 괜찮다
등을 두드려준다면
그 손은 육교 아래서 종일 마늘을 까느라
손톱 밑이 욱신대던 그 손일 것!

아니라?
아니다.
그래도 심줄 굵은 그 손은
—밥은 먹고 다니냐
물어봐준 적 있었다
나 그때
마음 아려서
슬픔 한 입 깨물고
목멘 적 있었다

강아지풀과도 못 노는 아비가 되어

강아지풀 손등에 얹고
오요요 강아지풀*
해본다
죽은 시인 생각난다
고주망태 시인 하나 생각난다

남은아지랑이가훌훌
타오르는어느역*거기가
서술병베고누울까.시만
생각하면세상이가소롭
고.오요요세상을생각하
면새끼들이가엾어.가엾
어똑죽겠어서녹물이든
강아지풀*라이터불로태
우고.또오요요오요요.

시인 하나 불에 그슬려 죽이고

재로 눈을 비빈다
땅 밑에서 옛 상여 소리*
들린다던 시인아

난 귀를 막고
오요요
오요요
속울음 운다
속울음 울며 간다
어디로 가는지도 모르면서
가느라고 간다

---

* 박용래의 시 「강아지풀」에서 따옴.

어부바

하관할 때 먼 산 보던 모진 양반
엄니 산에 묻고 물에 밥을 말다 울더라
허긴, 새벽마다 깔끄러운 입천장을
쉰밥 물에 씻어 적시던 조강지처였으니.

어매 고무다라에 버석대던 비린 돌소금
그게 찬 물밥엔 안 녹아. 안 녹지.
허긴, 간고등어 그득 담긴 고무다라 이고도
잘도 업어주던 어매였으니.

울 아부지
저 비린 물밥 얼마나 더 자실까
나는 나대로 물밥 오래 저어
내리사랑 간 밴 어매 마지막 말씀
찰랑찰랑 또 들었던 거

―나 쩌그 가면 으쩔까 우리 막둥이가 어매 보고자퍼

으째야 쓰까

울지 말어 어부바 해주께 고만 쫌 울어…… 어부바 어
여 어부바……

저승사자 등에 업혀 어부바

쉰 물밥내 나는 어부바

빈 등 떠밀어 혼자 보낸

어부바 어부바

마실 갔다

순이 고모 죽었다
어릴 적 먹은 고봉밥
마음 안에서 기울었다

―이상한 거 밥 위에 얹지 마
모자라 만만했던 순이 고모
시래기나물 위에 얹히던 찌울어진 웃음
맘에 걸린다
행주 자국 덜 마른 밥상
쉰내 나는 그 위에
혀로 밀어낸 밥알
순이 고모 얼른 주워 먹었는데
그게 맘에 걸린다

날 궂으면
흙탕 밟고
흥얼흥얼

혼자 마실도 잘 가
싸리비로 후려 맞더니
내 흘린 밥알
입 안에서 오래 굴리더니
순이 고모 마실 갔다

먼 날
이승 검댕 뒤집어쓴 낯
뽀독뽀독 씻겨
윤나는 밥상에 마주앉아
―내 마이 보고 싶었드나?

헤픈 웃음 흘려 넣고 저승 나물 무칠까
그 나물에 밥 비벼주려고
순이 고모
먼 마실
먼저 갔다

청자

군대 가기 전 아버지와 일당 이만 오천 원 목공 보조로
일했는데요 반장은 늙은 김 씨, 젊은 김 씨 불렀는데요 어
떤 날엔 쉴 참에 담배가 떨어진 걸 눈치챈 아버지 담배 한
개비 손에 숨겨 뒤로 건네주시던데요 슬그머니 합판 더
미 뒤로 가 늙은 김 씨 소금기 묻은 담배에 불 붙여 물면
요 푸른 연기 매워서 에이, 눈물 났는데요 그때 적 담배
이름 청자였는데요

청자와 나, 서로 잊었지 싶었지요 청자 안 보이자 코끝
매운 날짜들도 청자 치마꼬리 잡고 같이 갔겠지 싶었는
데요 우리 동네에 폐휴지 주워 라면과 바꾸는 할매 뵈는
데요 청자랑 낯빛이 흡사해 설핏 보고 눈 돌렸는데요 몸
빼를 물고 늘어지는 리어카 안에 반흙덩이 영감도 하나
담겨서요 불 붙여 물려준 담배를 자꾸 흘리는 입 삐뚤어
진 화상인 건데요

청자, 징글징글한 청자는요 흉한 밤 쓰린 한낮도 다 살

라 먹은 귀신이 돼서요 푸른 머리 풀고 숨 훅, 훅— 끼얹어 새삼스레 맵고 역한데요 꾸깃꾸깃 뭉쳐 던졌다 싶은 시절을 청자, 지가 뭐라고 들쳐 업은 채 눈에 핏발을 세우는데요 저 독한 거랑 나 어찌 살까요

에—에—참,
200원에 한 갑
싸구려 슬픔 아버지

목젖

어릴 적 고뿔 들어 목젖 늘어지면
숟가락 자루 끝에 소금 몇 알
목젖에 달라붙던 돌소금이 약이었네
귀를 잡아 야물고 아프게 당겨 올리던
심줄 굵은 할매 손이 참 좋은 약이었네

서울살이
눈치살이
신물 나는
끝물살이
목젖 늘어진 채 전철 타면 일렬횡대로 흔들리는 튼튼한
플라스틱 목젖 탐난다
내 목젖과 바꿔 달고 싶다

강바닥을 구르는 자갈 하나도 천지신명의 목젖 아닌 게
없는데
그걸 시멘트로 바꿈하고 있는 치들도 나처럼 어지간히

미쳤겠지?

돌소금 입에 처넣고 귀뿌리 빠지게 들었다 놨다 해야겠
지?

허풍 거미

내 집이 너희 독약에 녹는다

밥은 쓰고 아스팔트 딛는 발바닥 쓰리다

태풍아 오라

네 늑골에 줄을 걸고 우주 골방으로 가리라

수금화목토성마다 기둥 세워 집을 짓고

단물 빠진 행성 하나 튕겨 보내면

정 떨어진 너희쯤이야

박살이지!

지구 멸망?

내 알 바 아니지

피—장—파—장— 퉤!

시인은 아무나 하나

갓 말문 터진 아이가 제 방에 들어갔다가
—할아버지가 있어!
소스라쳐 안긴 밤
아래층 동호연립 201호에서 향내가 올라왔다
제삿밥 자시러 왔다 들킨 뉘 집 조상은
댁네 딸아이 참 신통하다 했을지 몰라도

그 아비는,
—귀신도 못 보는 주제꼴이 무슨 시인? 귀신 말도 못
들어먹는 귀머거리 먹통이 뭐 말라비틀어질 시인?

누가 뭐 어쨌나?
괜히 삐져서
제 어깨에 궁시렁 할망 앉은 줄도 모르고 궁시렁궁시
렁—

제
4
부

오! 나의 정다운 웬수들은

—좀 봐라 이기 니 에미 작품이다
팔꿈치에 붙은 대일밴드를 떼고
손톱자국 뵈주신다

—항! 내는 어떻고? 내 주디 좀 봐라 땅나발이 돼가주
고 밥도 못 묵는다 또 있다 여어도 봐라! 여따 대고 아파
카뜨를 날리서 멍이 시퍼렇게 안 들었나? 보이나? 이게
사람 배냐?

아들 셋 낳느라 터진 살에 푸르딩딩한 멍 자국 보고 하,
그 노인네 참! 눈살 찌푸리자 여기서 밀리면 안 되겠다
싶었는지 아버지 난닝구 늘이신다

—내는 흡혈귀하고 산다 니 저리 살찐 흡혈박쥐 본 적
있나? 여기 좀 봐라! 어깨에 이빨 자국 남았제? 고마 여
따가 송곳니를 칵! 박는 기라 하 안 당하모 모린다 섬뜩
시럽다! 고무 다이아 두른 것 같은 저 배애지에 내 피가

101

반 넘어 출렁거리고 있다 지금도! 그라니 내가 살라모
아파카뜨를 날리야지 별수 있나? 정당방위! 알아듣나?
문둥아— 순 무식해서 정당방위가 무슨 뜻이고도 모를
끼다

빠빵!
—아나 문디야 한 방 더 묵고 떨어져라!
아바이 동무가 방귀를 손에 쥐었다가 어마이 동무한테
냅다 던진다

—엑, 푸— 더러버라! 투— 투— 투—

끼리끼리 낄낄대는 저녁이 있다
우리끼리니까 까놓고 얘기지만,
나의 정다운 웬수들은 구구팔팔이삼사*—
오늘도 술잔을 쟁강거리며 구엽게들 놀고 계신다

술 또 따름?

고마울 따름!

103

주목 열매빛 웃음 웃는

주목 아래 오래 서 있었더니
귀가 주목 몸빛이 됐어요
그래, 주목이 하는 말 환하게 다 들렸어요

주목이 꼬드겼어요
제 열매를 손바닥 사이에 넣고 소원 빌면
살아 천 년 죽어 천 년
그 소원 대신 빌어준대요
소원은 노을 한 점
콩, 찍어놓은 것 같은 거라야 된대요
자기 열매처럼요

햇애기 귓불 같이 웃는 사람 보내달랬어요
주목이 웃었어요
나도 웃었어요
괜히 웃음 났어요

당신이 웃으며 걸어왔어요

좋은 일 있냐며 웃었어요

있고말고요

주목 열매빛 웃음

조랑조랑 잇몸에 달고 웃을 줄

아

(나)는

당신이니까요

어느 삼류 시인이 썰 풀기를

시가 마구잡이로 써지는 날이 있어
한 타래에서 수백 가닥으로 나뉘는 중국집 밀가루 반죽
알지?
말도 안 되는 게 밑도 끝도 없이 마구 써지는 날은
인생이 참 거저먹기다 싶어져
광장시장 순대 속에 파묻힌 돼지 염통보다
더 물씬물씬 내 싸구려 시에서 김이 솟으면
원고료를 후려쳐서 한 편에 만 원씩만 받고 팔아서
미얀마 소녀 난다르에게 색연필을 사서 부치고 싶어진
다니까?
참 드물고도 반가운 그런 날엔
지랄 신명이 지펴져서
비둘기 똥 얼룩진 중국집 현수막 뜯어
혈서를 쓰고 싶어
조또 만국의 삼류들이여 단결하라!
일류가, 오리지널이, VIP가, 특급이, 최상위 1%가
허벌나게 조져놓은 세상을

삼류와 야매, 지지리 궁상들이 활개 치는 겁나 좋은 세
상으로 갈아보자고 말이야

승산?

쪽수로 존나 밀어붙이면 지깟 것들이 배기간디?

소나기

시험이 닥쳤나?
붓방아를 찍어댄 누런 갱지
아예 곰보다

삐딱한 하느님은 책도 삐딱해서
밑줄도 세로로
죽—
죽—
그려 내린다

까만 쉼표들이 지붕 아래로 뛰어들고,
노란 우비 노란 장화들은
찰방찰방 물길을 나선다

책 펼쳐놓고 아예 엎드려 자나 보다
에헤 참, 침까지 질질 흘려
사람 사는 마을이란 책에

번진다,
젖는다,
스민다,

볕 들자, 얼씨구?
움튼다!

참 잘했어요
도장 꾸욱 눌러주자

푸른 귀

주차장 시멘트 터진
틈새로 잡풀 돋았다

내 사는 변두리가
우주 배꼽이 되고

우주 한가운데 돋은
풀은 푸른 귀가 된다

귀를 잡고 들어 올리면
네 발을 얌전히 모으고
대롱대는 강아지를
가만히 떠올려보자

풀포기 잡고
살살 힘주면

앙증맞은 행성 하나
아프다고 낑낑댄다

코딱지 명상

먹구름에 발목 젖은 달
은,
콧구멍 동굴 속 코딱지

왠지 멋쩍고 먹먹한 저녁
바짝 잘라 재그러운 손톱
재채기는 나올 듯 말 듯
하니, 삿대질이나 해보자

해탈?
깨물어 닳아빠진 손톱으로
코딱지나 파내려는 헛짓거리
나는 코 후비다 대오각성
할!
빠졌다!
달을 가리킨 손가락 거둬 코나 후비시지

명상도 들숨 날숨이 수월해야 뭐가 되지

항 솨— 항 솨—
단전에 새 숨 채우고
이번엔 밤의 똥구녕으로 기를 쓰고 기어드는
저노무 달을 확 후벼 파서 패대기쳐야겠다!

해남군 신기리 점빵 안

똥오줌 못 가리는 할매 옆엔
똥오줌 못 가리는 한 살배기
들숨 날숨 나눠 쉬며
사이좋게 잠자고
두 분 잠 깰 때까지
담배는 꾹 눌러 참아도
술은 도무지 못 참겠어서

또— 도— 독—

조심히 소주병 마개 돌리는
앞니 빠진 한량

안주는
젖내 똥내라
—아따 숨 쫌 아껴 쉬라니께
옆구릴 찔러쌌는……

먼지 떠를 허리에 두른

햇빛 한 타래

묵은지

답답하다고 못 살겠다고
너는 가슴을 치는구나
황소고집 제 아비랑 똑같다고
귀가 얇아 홀랑 날린 제 엄마랑
판박이라고 왈강왈강해대는구나

가만, 쫌 보자
너도 가슴을 칠 때면 어마씨를 닮았고
한숨을 쉴 때는 큰고모를 빼다 박았다
김치 찢어 새끼들 숟가락 위에 얹을 땐
더하고 뺄 것도 없는 딱 우리 외할매다!
하따 제법이다!

홀매친 인연이 묵고 묵어서
나만 보면 좋아 죽겠는
나도 보면 좋아 죽겠는
사람들이 이제 다 너다

살뜰한 정이 더 뭉근해져서
너만 보면 좋아 죽겠는
너도 보면 좋아 죽겠는
사람들이 이제 다 나다

뭇 인연들이 섞이고 곰삭아 한 맛을 내는 묵은지
부부다

늙다리 총각 김경우

—이날 펭생에 겨우 하고 포도시 하고 살았으이 죽을
때는 좀 쉽게 죽고 자픈데 오줌도 내 혼자 못 누니 내 꼴
이 이기 뭐꼬? 낡은 고쟁이 벗드끼 이 반병신 몸땡이 훌
렁 벗고 내 언제 갈꼬

—어무이 말씸이 야물어서 갈 날 아직 멀었소

—니 방금 머라캤노? 머시라? 말씸! 이 쌔가 만발이나
빨질 놈아! 에미 씨불보고 머시라? 말씸이 우짜고 우째?
이 문디 손아! 고마 호미를 가지고 조디를 쪼사뿌릴까

머리터럭 사이가 헐거운 아들이 어미 기저귀를 갈아
주다
어퍼와 후크 연달아 먹는다
뻘쭘한 오후가 벌겋고 얼얼한 건 그렇다 치자

—말씸 달린 년 처묵는 밥이 오죽 아까울까!

밥상을 차면,
청국장 뚝배기가 천장에 달라붙고
―아따 놀래라
숟가락이 요강 단지에 뛰어든다
―헛따따 무서버라

―말씸이고 말씁이고 간에 어무이 참 오래 살겠다 싶으
이 아들은 기분 최고라
  한잔 할랍니더

이 빠진 주발에
막걸리 찰찰 따르며
앞니 없는 소 웃음 따라 웃을까
내 친구 김경우는

쌍코피댁

    남편한테 한 코 제대로 맞아 쌍코피 터졌단다. 그날로 보따리 싸서 노름방에 왔더란다. 애 업은 채 기저귀부터 빨다가 쌍코피 또 뿜었단다. 해서, 별명이 쌍코피댁이다. 쌍코피댁, 말은 한 대로 씨가 된다는 제법 깨친 도(道)꾼이라 아들한테는, "부자 될 놈아 밥 먹자!" "하이고 우리 재벌 회장님이 똥도 푸지게 쌌구나"

    그리 해쌓던 쌍코피댁이었던 것이다.

    괄세 마라!

    노름방 밥순이 생활 5년에 구멍가게 하나를 용코로 잡은 쌍코피댁이다. 한주먹 날린 죄인은 사글셋방서 끼니마다 라면 부글부글 모셔놓고 궁시렁 염불 혼자 외고 앉았더란 풍문에,

    —흥! 여편네 칠 때만 악착같은 인사 오기만 와봐라

    서슬 퍼런 칼을 뽑았는데,

    부자 될 놈이 애비 등 떠밀어 가게 안에 들어서게 했을 때,

차마 핏줄은 못 끊겠는 맘 약한 쌍코피댁이던 것이다.
에그 참,

―당신 만나 피박 쓴 세월 억울해도 갑부 될 내 새끼 때
문에 딱 한 번만 더 참소

쌍코피댁 소주 먹다 울었다.
쌍코피댁 도력 높아 콧물은 말간 소줏빛!
쌍코피댁 그 잔 홀랑 마시고 눈 찌잉긋!
아따! 윙크에도 한 방을 실어 날리는 쌍코피댁인 것이다.

억만장자 어미는 뭐가 달라도 달라!
웃음도 찰지고 푸지던 것이다.

곰보 보살네

물어물어 찾아갔네
얼굴 보자마자 알아보기 힘든 글자 내려 쓰더니
—참 많이 돌고 돌아 이제야 에미 앞에 왔나? 그리 힘
들면서 진작 안 온 게 용하고 불쌍타
곰보 보살 눈에 눈물 어른거려 나 쓸어안고 울고 싶었네

—지나고 보면 다 별거 아니지 틀어지고 비틀린 거 그
거 다 그리될 탓이 있는 게여 다 업이고 인연 탓이지 맘
아픈 걸로 돈 손해 본 걸로 전생 빚 갚아줬다 생각하면 속
이 좀 편치 조금썩 마음 편할 날 올 게여 찬물에 국수 빨
듯이 마음 헹구고 살어 부처님 전 절하는 마음으로 숨 붙
은 것들 다 섬기고 살믄 세상 원수가 어딨겠나 다음 생 갈
때 가볍게 훨훨 날아가려면 그저 베푸는 수밖에 더 있겠
나 양수리에서 묵집을 하던 예편네가 간암 말기 남편 살
리겠다고 죄 없는 생명들 끌탕에 넣었으니 무당 팔자 뒤
집어쓴 것도 다 그 업인 거여 이 팔자 싫다고 내가 남한테
덤터기 씌울 수 있겠능가 복채는 무슨 향이나 하나 피우

122

고 가시게

불두화 핀 그 집 담장
거기다 벗어 던진
얼룩덜룩한 내 혼은
이제쯤 가슬가슬 다 말랐을까?
가끔 생각나면,
마음에 찌르르 쥐가 내리는
곰보 보살네

참깨 털어 먹은 바람이

지난 어느 한 해 바람이 쎄게쎄게 불었는데요
—올개는 참지름 몬 보낸다 바람이 참깨를 싹다 훑어
묵꼬 가삐렀따
어머니와 함께 전화기에 귀를 대고 들었던 그 말씀,
인심 푸진 외할머니가 바람까지 챙겨 먹였단 소리로 들
렸는데요

외할매 묻힌 참깨밭에 들러
술 한 잔 뿌리고 담뱃불 붙이자
참깨 훑어 먹었던 그 바람이 다가오던데요
저랑 나랑은 조금 서먹서먹한 사이잖아요?
내 담배 가로채 뺏어 피우며 무덤가 휘휘 돌던데요
그냥 간 건 아니고요
외할머니 손끝에서 늘상 나던 참깨 냄새

훅—
풀어놓던데요

저도 염치는 있다고요
제삿날마다 참깨 쏟아 붙고
흠향—
절 올린다고요
오늘 그날이라 아주 멀리서 왔다고요
담배가 달다고요
나 죽으면 꼬숨한 참깨 담배 맛 보여주겠다고요

맨드라미 활활

돌계단 틈서리에 욱여넣은 뿌리
쟁글쟁글 끓어대는 한여름 땡볕
저 혼자 다 마시고 피를 토하는 맨드라미
징글징글한 불덩이 하나를 챙긴다

인간사에 치어
만사 시들해진
너는 오라

목숨의 심지 끝에서
활활 타오르는 피!
피를 수혈해주마!

해설 · 시인의 말

악취 나는 꽃밭 천국에 살다

이경수 문학평론가

1

다시 풍자의 시대가 오고 있다. 인터넷 공간에서 자발적으로 번져가는 세상에 대한 각종 풍자들은 이 시대가 요구하는 목소리가 무엇인지 상징적으로 보여준다. 우울과 환멸의 음성으로 가득 찼던 우리 시단에 김진완의 두 번째 시집은 다른 목소리의 출현을 알리고 있다. 그의 첫 시집이 그랬던 것처럼 두 번째 시집도 정제되지 않은 거친 음성으로 파국에 이른 자본주의 문명의 오늘을 통쾌한 웃음으로 전복한다. 쓴웃음 나는 현실을 하루하루 견디며 살아가는 우리들은 어쩌면 이런 종류의 유쾌한 반란의 웃음을 갈망하고 있었는지도 모른다. 웃음의 힘을 빌리지 않고서는 버티기 힘든 시절이니 말이다.

웃음은 인류에게 내려진 특별한 축복임에 틀림없다. 어깨에 힘이 잔뜩 들어간 과장된 엄숙주의를 일거에 무너뜨릴 수도 있고 절망의 나락에 떨어진 이들에게 다시 툭툭 털고 일어설 용기를 줄 수도 있다. 무엇보다도 웃음은 전염력이 강하다. 삽시간에 퍼지는 파급력으로 엄숙주의와 위선과 허위가 지배하는 세상을 순식간에 뒤흔들 수 있다. 때로는 공격적이고 때로는 너그러운 포용력을 발휘하기도 하는 웃음. 그 다채로운 색깔을 김진완은 이번 시집에서 보여준다.

2006년에 출간된 김진완의 첫 시집 『기찬 딸』은 '미래파' 논쟁으로 후끈 달아올랐던 당시의 시단에 조용한 파장을 일으켰다. 육성의 언어가 때론 화려한 말놀이보다 가슴을 울리는 까닭은 그것이 진정성으로 우리의 영혼을 포획하기 때문일 것이다. 서정성과 해학성이 어우러진 시집이라는 점에서 김진완의 두 번째 시집도 첫 시집과 같은 맥락에 놓여 있지만, 두 번째 시집은 한결 거친 날것 그대로의 언어로 우리의 정서에 육박해 들어온다. 날것의 방언이 유발하는 웃음은 대개 해학의 정서를 드러내지만, 이따금 통렬한 풍자로 이어지기도 한다. 그는 이번 시집에서 의식적으로 걸쭉한 경상도 방언을 전혀 거르지 않고 사용한다. 근대 이후 어문일치가 이루어졌지만 입말과 글말의 간극은 여전히 남아 있고, 발화되었어도 글로 옮겨 적을 수 없는 말이 적지 않은 것 또한 사실이다. 김진완의 시는 방언의 적극적인 사용을 통해 우리가 잃어버린 입말의 가능성을 환기하고 있다. 잘 정돈되고 다듬어진 말로는 충분히 담아낼 수 없는 상황과 정서를 김진완의 이번 시집은 전달하고 있는데, 그것이야말로 그의 두 번째 시집이 갖는 가장 큰 의미라고 할 수 있다.

 김진환이 이번 시집에서 정제되지 않은 거친 방언을 적극적으로 사용하고 있는 까닭은 무엇일까? 그의 두 번째 시집을 읽으며 우리가 던져야 할 가장 중요한 질문은 아마도 이것일 것이다. 이 질문에 답하기 위해 1930년대 중반에 백석이 했던 고민을 잠시 상기할 필요가 있어 보인다. 백석은 1936년 평북 정주 방언을 적극적으로 활용한 시집 『사슴』을 출간하여 당시의 문단에 조용한 파문을 일으킨다. 그의 언어적 실험은 당시 『조선일보』를 중심으로 일어난 '고전부흥운동'의 여파와 '조선문학' 담론의 문제의식 속에서 산출된 것으로, 식민지 조선의 지식인이자 시인으로서의 정체성에 대한 고민이 투영된 결과물이었다. 그 무렵 백석은 러시아 비평가 미르스키의 글 「'조이스'와 애란문학」을 중역해서 소개하는데, 영어에 잠식되어 사라져가는 애란(아일랜드)의 토속어에 대한 언급을 통해 일제 말기에 표준어 및 방언으로서의 조선어의 위상과 좌표, 식민지 조선의 시인으로서의 자신의 정체성과 역할에 대해 고민했던 것으로 보인다. 평북 정주 지역의 방언과 표준어와의 경쟁을 통해 사라져가는 말들을 자신의 시에 건져 올림으로써, 백석은 날것의 조선어가 보존되어 있는 언어에 시어로서의 새 생명을 불어넣고자 했을 것이다. 사라져가는 말을 지키는 것 역시 시인의 중대한 사명임은 두말할 필요가 없다. 더구나 백석은 그 말에 새로운 빛깔과 생명을 불어넣음으로써 근대적인 질문과 만나게 한다.
 첨단을 달리는 21세기에 김진환이 자신의 시에 날것 그대로

의 방언을 사용하는 이유는 어디에 있을까? 일차적으로는 사라
져가는 말과 그 말에 담긴 정서를 기억하려는 데서 방언 사용의
의미를 찾을 수 있을 것이다. 김진완 시의 거친 방언은 매끈한
말로는 담아낼 수 없는 투박한 정서를 담아내고 있는데, 그것은
우리 시대가 잃어버린 기억을 수면 위로 끌어 올린다.

깜장 고양이 쥐 한 마리 잡아
마루 위에서 어른다

—문디그튼년아그래니밥값했다아침부터더럽구로저리가처묵
어라쉬이

외할매 쥐 꼬리 잡아 던진다
쏜살같이 날고
뛰는 두 평행선
수직으로 선 대나무 숲이
답삭,
받아 안는다

때 절은 버선발이 핏방울 문대고
손으로 죽죽 찢어
밥 위에 얹어주던
묵은지
군둥내

132

할매도 고양이도 털 빠진 쥐도

배 속에서 쑤석쑤석

댓잎 훑어 뿌리며

놀고 자빠지다가

잘도 삭아……

옹헤야!

뼈마디를 굵혔느니

_「뼈마디가 실한 이유」 전문

    시골의 일상에서 흔히 볼 수 있었던 풍경이 김진완 시의 풍
경 속으로 들어온다. 고양이와 쥐와 할머니가 등장하는 시골 한
나절의 풍경은 약육강식의 살벌한 풍경이 아닌 생태계의 자연스
러운 모습으로 그려진다. 깜장 고양이에게 건네는 외할머니의
걸쭉한 사투리와 "손으로 죽죽 찢어/밥 위에 얹어주던/묵은지/
군둥내"로 환기되는 정경은 "놀고 자빠지"는 저 한가로운 세월
속에서 굵어가는 생의 실한 뼈마디를 인상적으로 보여준다.
    키우는 고양이와 그 고양이의 먹이이자 집 안에서 더불어
살아가는 쥐를 대하는 외할머니의 시선은 지나치게 자상하지도
적대적이지도 않다. 그저 손주를 대하듯 이웃을 대하듯 심상하
다. 그런 외할머니의 입에서 고양이를 향해 쏟아져 나오는 방언
은 띄어쓰기가 필요 없는 말이다. 우리말 문법의 일반적인 규칙
을 벗어난 말이 띄어쓰기를 하지 않은 시각적 표지로 날것 그대
로의 몸을 드러낸다. 방언과 '묵은지 군둥내'라는 시골 특유의
냄새로 환기되는 정서야말로 우리들의 뼈마디를 굵게 했음을,

그 속에서 우리가 생을 이어왔음을 김진완은 이 시를 통해 상징적으로 보여준다.

김진완의 이번 시집에서 방언의 미학은 이야기와 만날 때 더욱 빛을 발한다. 그의 시가 빚어내는 이야기의 한가운데에는 땀내 나는 서민들의 애환이 녹아 있다. 이 땅에서 살아온 평범한 한 가족의 역사가 펼쳐지기도 하고, 가난으로 고통받는 서민들의 일상이 우스꽝스럽게 그려지기도 한다.

할머니 유골을 수습해 가족 묘원으로 옮기기로 했다. 산에 묻히신 지 30년 만이다. 삽질 몇 번에 산일꾼들 장화가 물에 잠겨 철벙거리더라 했다.

볼 거 없이 시신은 물에 불어 육젓이 되어 있을 거라고, 차마 못 볼 꼴 보고 흉몽이 지펴 뼈 곯음병에 녹아나느니 그대로 화장장에 옮겨야 탈이 없다고, 성깔 사나운 무덤장이 젖은 목장갑을 던지더라 했다. 깜깜 천지…… 숨을 놓쳤겠지. 삼형제는, 이마를 짚은 손이 웃, 차가워 뼈와 살이 뭉텅이진 어마씨 손이 이크, 아닐까?…… 싶어, 이빨 빠진 잇몸 같은 무덤 안에다 대고 소름 돋은 목청 한 바가지를 부었겠지.

"세상에 육젓? 육젓이라니! 아이고 어무이."

어쨌거나 열어봐야 하지 않겠냐며 무덤꾼 반장 작업복에 돈 뭉치를 찔러 넣자,

"니미럴 30년 묵은 시신보다 무서운 게 돈이여." 궁시렁 장도리를 들었다는데,

할머니 백일기도 끝에 낳은 큰아들(34년생 개띠. 심약한 나의 아버지)께서는 관 뚜껑에 연장이 닿는 순간, 차마 못 본다며 비탈을 내려가 무섬증에 오금을 꽈악, 깨물린 '허어이 참, 백지장 첨지'였을 터, 기가 센 둘째(작은아버지. 16세에 단신 상경. 자수성가한 세탁기술자. 전성기 때 박정희 전 대통령의 양복까지 다려본, 해서 박통 터지게 돈을 긁어모았던 세탁업계의 전설적 인물)는 앙다문 인중에 선명한 세로 주름 하나는 더 늘었을 것인데.

어릴 적, 첫물내를 풍기며 늑골을 찌릿찌릿 훑었던 면목동 뺌뿌는 할매 중풍 맞자 저도 벌건 녹 덩어리 되더니, 무덤까지 끄덕끄덕 따라가 할머니의 살과 뼈를 씻어냈는지 몰라도, 나는 또 나대로 관 뚜껑 열리는 소리를 여름 땡볕에 달아오른 손잡이를 난닝구 벗어 감싸 매달리던 뺌뿌질 소리였으리라고 30년이나 묵은 환청을 들었던 것이다.

끼이익―

허― 관 속이 어찌나 맑은 우물이던지
한 움큼 퍼 마시면 죄도 씻고 혼도 씻기지 싶은 거기다가
산전수전에 짓무른 당신들의 넋을 헹구었겠는데

"새끼들이 얼매나 반가운지 내사 밥 푸다 말고 나오는 기라!"
할매 생전에 정히 다루시던 밥사발마냥 유골 한 점이 고요히 떠올랐고, 막내(작은아버지. 뼈와 살을 다루는 생업에 종사하는 삼각지 덕흥정육점 주인)가 덜컥, 입이 벌어져 한 말인즉,

골반!

생전에 나무관세음보살 주문을 들숨 날숨에 섞어 외시드만,
오호라! 희디흰 골반 사리로 당신의 열반을 환하게 증거하시니!
뼈할매를 앞에 놓고 눈이 시었겠다. 제 어미의 골반을 뚝—뚝—
벌리며 빠져나왔던 늙다리 삼형제는 유골 떠낸 검은 우물에 짜
거운 눈물을 떨구셨겠다

—「물명당 이야기」 부분

30년 만에 할머니 유골을 수습해 가족묘원으로 이장하는 사
건으로부터 '물명당'에 대한 이야기는 시작된다. 화자는 아버
지, 어머니, 작은아버지 등으로부터 들은 이야기를 재구성해 들
려준다. '—더라 했다', '—다는데' 등의 어미를 사용해서 간접
화법으로 전해지는 이야기의 사이사이에 생생한 경상도 방언이
직접화법으로 인용되어 현장감을 더해준다.

이야기의 매력이 살아 있는 김진완의 시는 살아 있는 경험
을 바탕으로 하고 있다. 30년 된 무덤을 열고 유골을 수습해 이
장하는 이야기는 오늘의 독자들에게는 오히려 낯선 이질감을
자아낸다. 자본주의 도시 문명에 익숙해진 우리에게 김진완이
펼쳐놓는 이야기는 합리와 이성과 논리로 통제되지 않는 다른
세계를 열어 보여준다. 방언을 적극 수용하여 그가 구축한 세계
에는 근대 과학 문명 속에서 미신이라는 이름으로 거부되었던
것들이 다시 소환된다. 그것은 시인이 이 땅 서민들의 보잘것없
는 삶의 역사를 다시 쓰는 과정이기도 하다. 30년 만에 연 관 속
에 펼쳐진 맑은 우물의 세계와 그로부터 솟아오르는 유골의 모

습은 자칫 옛것을 신비감으로 치장할 위험을 안고 있기도 하지
만, 김진완은 이 땅의 현실을 응시하는 시선의 힘으로 자신의
시를 신비화의 위험으로부터 건져 올린다.

　　아부지? 새벽부텀 요시랄방정 돌방정 떤다꼬 벌써로 나가고
없다 니 말들어봐라 요즘 김내규 씨 사업한다꼬 새벽 다섯 시에
일어나 전철 광고판에 명함 꽂는다 명함을 한 달에 삼천 장씩
꽂아 그것도 자기 돈으로 찍고 택배값도 다 제 목아치라 그거를
니꾸사꾸에다 넣고 전철 직원들한테 걸리모 벌금 내야 된다꼬
새벽부터 불알에 요령 소리 나게 뛰댕긴다 한 달에 한 명 올똥
말똥이라 우짜다가 등신 칭다리 그튼 기 걸리들어서 겨우 하고
포도시 해서 계약했다꼬 오만 원 수당 생긴다꼬 하 좋다 카다가
메칠 지나면 고갤 쩔래쩔래 흔들고 가뿐다케 말짱 도루묵이라
한 달 핸드폰값이 십만 원이 넘게 나온다 내는 핸드폰 끼고 살
아도 사만 원이 안 넘어 이기 말이 되나? 앙! 쇠씹꼽 떼 처묵다
배애지가 터질 문디 새끼덜이 늙은이 똥개 훈련시키고 핸드폰
값 다달이 띠묵고 내 속도 다 디집는다 사업? 쇠 디비씨 날아가
는 게 백배는 수월타케도 웃기샀네! 뽄대 없이 한마디 하곤 고
만이라 열뿔딱지가 치올라 신발이고 옷이고 마당에다 쎄리 폴
매를 쳐도 소용엄따 그 못된 씽달가지 니 모르나? 이날 펭생에
내 말 듣는 거 봤나? 니는 씨부리라 내는 내 맛대로 한다 그기
라 내구내구 김내구가 추접시러븐 똥고집 딸랑 하나 차고 나와
가주고 지금까지 닐로 잡아묵는다 벅수 중에서도 최고 벅수라

　　느그 아부지 저라다다 덜컥 쓰러지기라도 하모 내 분해서 우

찌 살꼬 싶다 영감이 늘그막에 귀신 중에도 제일 드러븐 다단계
구신이 쓰이가주고……

—「세상엔 몹쓸 구신도 많아」 전문

다단계야말로 자본주의 사회가 낳은 병폐를 극단적으로 보
여주는 사례이다. 고수익을 보장받기 위해 하위 단계의 사람들
을 수단으로 이용해야 함은 물론이고, 대개는 고객 확보에 실패
해 가까운 인맥을 활용하다 인간관계를 망가뜨리는 결과에 봉
착하는 경우가 많기 때문이다. 이러한 다단계의 유혹은 가진 것
없는 사람들과 다단계의 폐해에 무지한 사람들을 겨냥하게 마
련이다. 가난한 이들의 삶을 더 깊은 나락으로 떨어뜨리는 치명
적인 유혹이 곳곳에 도사리고 있는 몹쓸 자본주의 사회의 병폐
를 드러내는 데 김진완의 시는 관심을 기울인다.

어머니의 목소리를 통해 전해지는 아버지의 근황은 몹쓸 '다
단계 귀신'이 씌어 정상적인 생활이 마비된 상황에 처해 있다.
다단계에 빠진 아버지는 새벽 다섯 시에 일어나 누구보다도 열
심히 종일 뛰어다니지만 소득은 없다. 아니, 휴대전화 비용은 점
점 증가하고 주변 사람들은 점점 떨어져 나가는, 다단계가 초래
하는 비극을 향해 안전장치 없이 나아가고 있다. 사실 답답하고
딱한 상황이지만 그런 아버지의 근황을 전하는 어머니의 목소리
가 생생한 경상도 방언에 실리면서 웃음을 유발한다. 그 웃음은
해학적인 색채를 띤다. 다단계에 빠져 허우적대는 아버지를 한
심해하고 딱해하면서도 어쩌다가 아버지가 다단계 귀신에 씌게
되었는지 누구보다도 잘 아는 어머니는 해학적인 웃음으로 아버
지의 삶을 끌어안는다. 오랫동안 우리네 어머니들의 삶이 그래

왔던 것처럼 어머니의 신세 한탄의 목소리는 삶의 구렁텅이에서 무너져 내리지 않는 해학의 힘을 발휘한다. 거기에는 실패한 아버지의 삶을 바라보는 시인의 따뜻한 시선이 개입해 있다.

3

베르그송은 일찍이 인간적인 것의 테두리를 벗어나서는 희극성이 존재하지 않는다고 보았다. 그가 말한 순수한 지성에 호소하는 희극성, 반향을 필요로 하는 웃음은 웃음이 지적인 거리 두기의 행위인 동시에 인간 사회와 밀접히 관련을 맺고 있음을 보여준다. 풍자적 웃음은 지적인 거리를 유지할 때 발생한다는 점에서 이러한 희극성에 대한 성찰과 상통한다. 김진완의 이번 시집에는 이렇듯 세상에 대한 통렬한 풍자를 드러내는 시도 몇 편 눈에 띈다. 특히 물질 만능의 신자유주의 사회에서 소외된 채 살아가는 가난한 사람들을 그릴 때 그의 해학과 풍자는 한층 벼려진다.

잠실 지하철역 나무 벤치에 피었네
꽃,
소주병 굴려 화단 꾸몄네
꽃, 꽃,
대궁만 살았는지
술 머금은 목울대만 위아래로
꼴깍꼴깍 움직이는 꽃

꽃, 꽃, 꽃, 꽃

피하려네 저 저…… 꽃…… 꽃

학명 ; 한숨꽃초점없는먹빛눈알꽃꽁초주워피워문꽃신발베고
누움꽃내자리여비키라짜슥아꽃얼어뒈질녀러거시지랄여꽃배째
라꽃조까라마이싱꽃황당꽃게거품꽃씨버럴잡녀러쉐키우아래도
없냐앙꽃닝기리조또니배때지철판깔었쓰으꽃카악가래침으로대
갈통뿌샤불팅게꽃어따눈알을치떠먹물쪽빨아뱉아부러꽃아아멋
빤다꼬보고섰냐시방꽃말리지마러꽃내싸둬부러좃꼴려디져불게
들꽃……꽃……꽃……껀수잡은꽃피흘리는꽃피딱지또터짐꽃

화아아따아아지메아지메요요나본적엄는교꽃염병헌다꽃요렇게
허는거여꽃아따따뉘님보지금테둘렀웅·께내뜩끈한조즈로할라당
녹여불라네꽃

분류 ; 체념과
분포지역 ; 대— 한— 밍— 국 짝짝짝 짝짝
자생지 ; 전철역 콘크리트 바닥 및 공원 벤치
크기 ; 높이 150~200cm
특이사항 1 ; 수량 단위는 명이나 놈이나 분, 송이가 아닌 '포
기'로 할 것
특이사항 2 ; 역겨움을 동반하는 악취 괴성과 함께 소주병 날
릴 시 찰과상 주의
효능 효과 ; 힐끗 보기만 해도 아직 바닥은 아니라는 '평안'
을 얻을 수 있음

공중화장실 장기 매매 전화번호를 손바닥에 옮겨 적다 침 뱉
어 바짓가랑이에 세차게 문지르며 에이씨펄엄마나정말미쳤나
봐하는꽃

이크,

아크,

피하려네

피어 피어 널브 널브러진 저 꽃, 꽃들!

—「이크, 아크 피해 가는 꽃밭」 전문

이번 시집에서 가장 눈에 띄는 시이자 김진완의 시가 첫 시
집에서 나아간 자리를 보여주는 시이다. 서울 도심의 지하철역
근처에 진을 치고 있는 노숙인들은 바삐 돌아가는 도심의 일상
속에서 종종 투명인간 취급을 당한다. 특히 바쁜 도시인들이 활
보하는 낮의 세계에서 이들은 눈에 띄지 않는 곳으로 숨어들어
존재를 숨기고 있다가 밤의 지하철역에 그 모습을 드러낸다. 사
랑하는 가족을 떠나 지하철역이나 공원 등지에서 먹고 자며 생
활하는 이 노숙인들을 이 시의 화자는 '꽃'이라고 부른다. 아름
다운 대상이나 긍정적인 의미를 지닌 대상에 대한 비유로 흔히
쓰여 온 꽃이 노숙인들을 비유하는 말로 쓰이는 순간, 화자의
전복적 시선에 의해 새로운 세계가 펼쳐진다.

사람들의 발길이 "이크, 아크 피해 가는" 그들은 하나하나의
꽃으로 호명되고, 마침내 도심은 이들 꽃포기가 가득 피어 있는
꽃밭 천지가 되어버린다. 한숨만 쉬는 꽃도 있고 초점 없는 먹
빛 눈알로 멍하니 하늘을 바라보는 꽃도 있고 사람들이 버린 담
배꽁초를 주워 피우는 꽃도 있다. 시인에 따르면 대한민국 곳곳

에 분포하고 있는 이들은 세상에 대한 희망을 잃어버린 '체념과'로 분류되며, 아직 삶을 포기하지 않은 사람들에게 "힐끗 보기만 해도 아직 바닥은 아니라는 '평안'을 얻을 수 있"게 하는 효능을 지니고 있다. 서로를 끝없는 경쟁으로 내몰고 경쟁에서 낙오된 사람들을 끊임없이 양산하는 자본주의 사회의 악무한을 김진완의 시는 정확히 응시하고 있다. 저들도 한때는 아름다운 향기를 내뿜던 꽃이었음을, 우리 또한 언제든 악취 나는 꽃포기로 전락할 수 있음을 김진완의 시는 풍자의 시선으로 보여준다. "이크, 아크 피해 가는" 우스꽝스러운 발걸음에 대한 자조를 통해 그는 우리가 구축해놓은 오늘의 현실을 통렬히 비웃는다.

세상은 꽃밭 천지로 변해버렸지만, 그곳에서는 개똥밭에서 나던 냄새보다 더 지독한 악취가 풍긴다. 물질적으로 풍요로워졌지만 행복하다고 느끼는 사람은 줄어든 우리 사회의 치명적 현실이, 겉만 번지르르하고 포장만 요란한 악취 나는 세계로 드러나는 것일 테다. 우리 또한 이 악취 나는 꽃밭 천국에 피어 있는 한 포기 꽃임을 부정하기란 쉽지 않다. "흥! 남은 아파 죽겠다는데 저만 좋으면 단가?"(「나는 환청 통조림이 가득 든 냉장고다」) 김진완의 시가 세상을 향해 던지는 이 단순명쾌한 질문이 돌려 말하지 않고 정곡으로 우리를 찔러온다. 우리는 혹시 "늘 비켜선 채 조롱과 냉소만 보내고 있는,/이 잘나빠진 탐욕의 시대에 피와 뼈, 영혼까지 바치고 있는 나"(「촛불 광장을 지나」)들은 아닌지, 그동안 우리가 쌓아온 모멸과 조롱의 대가를 지금 고스란히 치르고 있는 것은 아닌지 김진완의 시는 아프게 묻는다. 나, 너, 우리는 과연 "무슨 수로" 이 악취 나는 꽃밭 천국을 "돌파할 것"인가? 김진완의 시가 던지는 질문은 바로 여기에 집약되어 있다.

누가 날 시인이라고 소개할 때가 제일 민망하다.
—시인은 무슨, 잡놈이지
내 안에 밉상 하나가 이죽거린다.

얼마 전 제주도에서 줄낚시로 건져 올린 잡어 열 마리.
늙은 해녀가 문어를 사면 회를 쳐 주마고 했다.
뙤약볕 아래 그녀의 칼질은 활달했지만 무릎이 욱신대
는 모양이었다.
오만 원권을 건네니 물이 뚝뚝 떨어지는 만원 석 장을
거슬러 줬다.
밉살스런 허깨비가 가로채고는 또, 한 소리
—난 이렇게 속이 짠데 넌 어떠냐?

남의 희로애락이나 베껴먹는 시인이란 궁상.
그 좀팽이와 정 떼기가 참 쉽지 않다.
—히히, 잡것들은 잔정이 많아

시큰대고 멀미 나는 이승
정붙이들과 천천히 걸어야지

2011년 가을, 김진완